là où je vais

Collection animée par Soazig Le Bail,
assistée de Claire Beltier.

À mes potes et collègues du lycée Monge.
Aux élèves.
À Johanna et à Françoise R.

© ÉDITIONS THIERRY MAGNIER, 2013
ISBN 978-2-36474-207-9

Loi n° 49-956 du 16 juillet 1949 sur les publications destinées à la jeunesse
Maquette : Bärbel Müllbacher

là où je vais

Fred Paronuzzi

Roman

Illustration de couverture
de Laurent Moreau

EDITIONS
THIERRY
MAGNIER

Fred Paronuzzi est né en 1967. Des rêves de voyage plein la tête, il a enseigné le français en Écosse, au Canada puis en Slovaquie. De retour en Savoie, il est aujourd'hui professeur d'anglais en lycée professionnel.

Aux Éditions Thierry Magnier
Mon père est américain (coll. Roman), 2012.
Un cargo pour Berlin (coll. Roman), 2011.
Terrains minés (coll. Nouvelles), 2010.

11 h 10
sonnerie

Léa

Trop conne. Je me sens vraiment trop conne.

Pas le moindre signe, rien. Elle m'ignore. Je suis transparente. À tout prendre, je crois que j'aurais préféré son mépris. Une moue de dédain. De la moquerie, même. N'importe quoi plutôt que *ça*.

Qui a dit que l'on existe seulement à travers le regard de l'autre ?

La nuit dernière, après avoir envoyé ce message sur Facebook, un message dans lequel j'avais pesé chaque syllabe, j'ai mis des heures à m'endormir. Des heures pendant lesquelles j'ai élaboré je ne sais combien de scénarios possibles. Avec, chaque fois, d'infimes variations. Mais étrangement, pas celui-ci. Le scénario du vide. Je n'avais pas anticipé ce désert. Sans doute que j'y croyais, à notre histoire.

Trop conne, vraiment trop conne.

Quand je pense que ce matin, en montant les escaliers, mes jambes me portaient à peine tant mon cœur cognait violemment, à déchirer ma poitrine.

Et pour quoi, hein, *pour quoi*?

Dans ma boîte crânienne, c'est le maelström, un grand bordel fait de frustration, de colère, de désir, d'envie et de douleur.

Et en même temps, c'est d'un banal : je l'aime à en crever – et elle s'en fout.

La prof est en retard, on poireaute dans le couloir. « J'en ai marre, moi, elle fait chier l'autre, j'me tire », annonce crânement une voix. Mais personne ne bouge. On l'a croisée, en route vers la salle des profs de sa drôle de démarche. Hachée, en déséquilibre avant, à deux doigts de sprinter. Sans un regard pour personne.

Et c'est pire en cours. Soit elle ironise, elle casse, soit elle aboie. Son surnom c'est « Pit-Bull ». Une vraie pile électrique, aussi. Toujours en mouvement. On croirait voir un pantin désarticulé et braillard, au tableau. Ça fait une moyenne avec le prof de maths. Lui, c'est le genre deux de tension. Mal rasé, débraillé et plus mou qu'un chamallow.

Depuis plus d'une heure, je n'ai pas décroché un mot complet. Je tire la gueule. Ce n'est pas mon habitude et du coup, on me fiche une paix royale. Quand on m'a interrogée sur les raisons de cette tête – « d'enterrement, de junkie, de déterrée » –, j'ai grommelé quelques mono-syllabes pas très aimables. Personne n'a insisté. « Elle doit avoir ses règles », a lâché Jérémie, jamais en reste d'un cliché bien lourd. J'aurais facilement pu fermer son clapet à ce puceau boutonneux, mais il n'en vaut pas la peine.

Aujourd'hui, je me sens pareille à une gre-nade dégoupillée, prête à exploser – et ça se voit.

Il est 11 h 15 quand la prof arrive enfin, essoufflée, les bras chargés. Il n'y a plus un chat dans les couloirs.

– Désolée, ânonne-t-elle, photocopieuse en panne, bourrage de papier, plus de toner… un classique.

– Fallait pas vous stresser, m'dame, fait Baptiste, c'est mauvais pour la santé.

– C'est vraiment gentil à toi de t'en pré-occuper, répond froidement l'enseignante en laissant tomber ses clés sur le sol.

– De rien, m'dame, avec plaisir.

On entre. On s'installe bruyamment. C'est étrange. On navigue d'un endroit à l'autre, en début d'année, puis on se pose. On prend des habitudes. Moi, ma place attitrée se trouve deux mètres derrière celle de Julie, un peu à droite. Je la vois de trois quarts arrière, de profil lorsqu'elle tourne la tête.

Si ses cheveux sont relevés, j'aperçois son cou, long et très blanc. Sa nuque donne envie d'y poser les lèvres, de la mordre. Sa peau au grain serré donne envie d'y goûter.

Ilyes

– Ilyes ! Eh Ilyes, par là !

Ah non. Pas lui, pas maintenant. Aucune envie de le voir, encore moins de lui adresser la parole. Mais pas moyen d'ignorer sa voix qui gueule mon prénom depuis les bancs plantés sous les platanes. Alors je lui adresse un signe, puis retraverse la piste cyclable. Le sol est jonché de mégots et de crachats. Il me tend son poing contre lequel le mien vient cogner.

– Ilyes, mon frère ! T'es passé où ? On te voit plus, tu te caches ou quoi ? T'as une meuf, c'est ça ? Il m'attrape le bras, tangue sous les rires. Allez, raconte un peu, je la connais ? Elle est bonne ?

Il s'esclaffe et je me contente de sourire, espérant qu'il passe vite à autre chose. Pas qu'il soit du genre malintentionné, Steven. On vient du même quartier, on se connaît depuis l'école primaire. Mais il parle trop. À tort et à travers. Et il s'écoute parler. Je n'aime pas ça.

Moi qui suis taiseux.

Cet adjectif, taiseux, je l'ai appris en quatrième, le matin qui a suivi le conseil de classe du premier trimestre. La déléguée l'avait soigneusement noté à côté de mon nom sans en comprendre le sens, me l'avait livré tel quel. « Le prof d'histoire, il a dit que t'étais doué mais taiseux. » Elle l'avait orthographié *tézeu* et j'avais dû tâtonner un bon moment avant d'en trouver la bonne orthographe puis le sens, dans un dictionnaire en ligne.

Taiseux : *peu loquace, qui parle peu.*

Ça m'allait plutôt bien, *doué et taiseux.* C'était quand même plus flatteur que con et bavard.

— Et toi la forme, Stev' ?

— Ouais ça va, tranquille… T'aurais pas une clope ?

J'extrais le paquet froissé de la poche de mon jean, le lui tends. Il en extirpe une cigarette un peu courbée au niveau du filtre. L'avant-avant-dernière. L'antépénultième, on dit. J'aime bien ce genre de mots. Un peu rares. Un peu tarabiscotés. Sur la langue, ils ont une saveur particulière.

— Garde le paquet. J'essaie d'arrêter, trop cher.

— T'as raison, moi j'essaie même plus… T'as cours, là ?

— Oui… enfin pas tout de suite, je viens un peu avant pour le théâtre, on répète.

– Du théâtre, sérieux ? Tu fais ça, toi ? Depuis longtemps ? Attends, tu te rappelles au collège, on nous avait emmenés voir ce truc… t'étais là, non ?

J'y étais, oui. La pièce s'intitulait *L'Autre Monde ou les États et Empires de la Lune*, par Savinien Cyrano de Bergerac. On avait lu des extraits en cours. La prof de français, Mlle Guillaud, débordait d'entrain et de projets. Elle avait d'ailleurs vu les choses en grand : sortir l'ensemble des classes de quatrième le même jour.

Elle avait pris soin de nous avertir : « Le spectacle est – comment dirais-je ? – un peu différent de ce qu'on a l'habitude de voir au théâtre… vous risquez d'être surpris, au début, peut-être décontenancés. Mais au bout d'un moment, vous verrez, c'est absolument… magique ! »

Ça avait sacrement gloussé dans les rangs. « Vous inquiétez pas, m'dame, avait répliqué un élève, comme on va jamais dans ces endroits, ça devrait pas trop nous perturber. »

Avait suivi un cours un peu chahuté – mais sans excès, on l'aimait bien – sur la déclamation baroque.

Cette sortie à Dullin, c'était ma première fois dans un vrai théâtre du centre-ville. Un choc. Quatre galeries, des dorures, un plafond décoré, un lustre gigantesque. Orphée aux

Enfers représenté sur l'immense rideau peint…
qui s'était ouvert sur un décor éclairé seulement
à la bougie.

Magique, oui !

Enfin, magique une fois passés les cris d'ani-
maux, la musique qui beuglait des portables
et les briquets trafiqués dont les flammes déchi-
raient l'air au-dessus de nos têtes. Magique
une fois les perturbateurs repérés puis exclus.
Le prof d'EPS en était presque venu aux mains
avec un élève.

On avait frôlé l'annulation pure et simple
mais Benjamin Lazar, le comédien, avait tenu
à jouer.

La pièce avait débuté avec près d'une demi-
heure de retard.

Le visage grimé, énigmatique, son corps
mince et gracieux comme celui d'un danseur,
armé seulement de mots, Benjamin Lazar
m'avait transporté jusque dans la lune, puis bien
au-delà…

Steven n'attend pas de réponse à sa question.
Il s'en fout, de savoir si j'étais là ou pas, si j'avais
aimé ou pas, il se délecte de ses propres paroles
et il enchaîne.

— Putain, c'était trop nul ! On comprenait
rien : ça avait au moins deux mille ans. Tu te
souviens de Jérémie, un petit mec super nerveux ? Ce malade, il a montré son cul à toute
la salle, debout sur son siège. Mort de rire !

J'étais juste à côté et comme par hasard, c'est moi qu'ai pris… Le lendemain, la principale nous a fait un speech, elle a dit que le collège s'était payé la honte du siècle et qu'on sortirait jamais plus à cause d'une poignée d'imbéciles… tu trouves normal, toi, qu'on nous insulte ?

Il fait une pause, semble réfléchir.

– C'est la même sorte de théâtre, ton machin, des types qui se dandinent avec une tartine de blanc sur la gueule ?

Je ne sais pas pourquoi je me donne la peine d'expliquer. Leïla, ma petite sœur, elle dit que je devrais faire prof, parce que j'ai des trésors de patience.

Prof, je ne pense pas, mais comédien en revanche…

– Non non, pas du tout, nous c'est contemporain, tu vois, une histoire de clochards un peu perdus. La pièce a une soixantaine d'années, pas plus.

Il tire sur sa cigarette, renifle, puis envoie un long jet de salive vers les bandes blanches sur le bitume.

– Ah ouais… Remarque si tu veux en voir, des clodos, des vrais, suffit d'aller devant le Monoprix, ils puent la vinasse à dix mètres…

Il s'esclaffe, repart aussitôt sans temps mort : Moi le théâtre, tu vois, c'est pas trop mon kiffe, un bon film d'action, d'accord. Faut dire que toi t'es un intello, dans les bouquins et tout, mais fais gaffe quand même, hein, y a plein de pédés dans ce milieu-là.

Une fois encore, il rit grassement de sa propre blague, décidément bon public avec lui même.

C'est pas croyable comme ce genre d'échange me déprime.

Océane

La sonnerie retentit, stridente, puis s'éteint. Je ne bouge pas. Je frissonne. Ces préfabriqués posés comme de gros Lego au milieu de la cour sont remplis de courants d'air. Elle sort du bureau de la vie scolaire, me voit.

– Tu m'attends ?

Je fais oui de la tête. Une poignée de secondes passe pendant laquelle elle met un nom sur mon visage, associe ce nom à une classe, découvre ma peau écorchée par endroits, constate que ça n'a pas l'air d'aller fort puis passe en revue mes vêtements : chaussures à talons boueuses, jupe, petit haut et veste froissés et sales.

Elle fronce les sourcils. Un effet de surprise que je provoque chez chaque personne croisée depuis ce matin.

– Tu ne devrais pas être en cours, là ?

Je hausse les épaules.

– Il y a un souci ?

Un souci ? J'esquisse une sorte de grimace. Un souci ? J'ai l'impression d'être morte, à l'intérieur, on peut appeler ça un souci, je suppose.

Mes pupilles me brûlent. Une chaleur désagréable court de ma poitrine à mon cou. C'est soudain et d'une rare violence.

Des élèves débarquent en traînant des pieds, l'air las, carnet de correspondance à bout de bras, refusés en classe à cause de leur retard.

– On peut même plus aller aux toilettes entre deux cours, râle l'un d'eux.

– Vous connaissez le règlement, répond la CPE, pas d'entrée après la deuxième sonnerie.

– Ouais ben il soûle, le règlement…

Elle déverrouille la porte. Le soleil pénètre en diagonale dans la pièce aux murs gris.

– Installe-toi et mets-toi à l'aise. Elle me désigne un des sièges orange. – J'ai une ou deux choses à régler en urgence, je reviens de suite. Tu ne bouges pas, surtout.

L'endroit est sans charme, fonctionnel. Provisoire et ça se voit. À peine une touche personnelle dans ce paysage encadré. On dirait l'Italie. Il y a une petite photo d'identité coincée dans un angle.

Un enfant qui sourit. Un garçon.

Pourquoi je suis ici ? Pourquoi j'ai choisi de venir la voir elle plutôt qu'une autre ? Pourquoi cette CPE en charge des secondes ? Je l'aperçois à la cantine, à midi, elle passe à l'occasion distribuer de la paperasserie, des informations, je la croise dans le hall ou les couloirs. On échange un bonjour, ça va ? On se reconnaît sans se connaître.

Rien de plus.

Mais non, je sais bien pourquoi. C'est simple et franchement absurde. C'est son rire. Qui éclate à l'improviste, sans aucune retenue, comme si elle se fichait du monde entier dans ces moments-là.

Un rire qui fait la lumière. Ne ment pas. Le rire de quelqu'un qui a trouvé sa place.

Moi, je n'ai jamais su rire de cette façon. Moi, j'agis en fonction des autres, pour plaire, être acceptée, quitte à faire l'inverse de ce dont j'ai envie… et c'est bien la raison pour laquelle je suis ici, non ?

Et maintenant, je suis censée faire quoi ? Me confier ? Ça non plus ce n'est pas mon fort. Grand-père, il dit de moi que je suis un mystère. Il ajoute que je porte bien mon prénom vu que l'océan est insondable et qu'on y trouve parfois des huîtres avec une perle à l'intérieur.

Une perle, tu parles !

Grand-père, qu'est-ce qu'il penserait de moi, aujourd'hui, s'il savait ?

Clément

C'est dingue, j'ai l'impression de passer ma vie à attendre devant des portes fermées. C'est quoi déjà, l'expression ?

Ah oui : jusqu'à ce que mort s'ensuive.

C'est comme dans un cauchemar. Et je m'y connais : j'en fais quasiment depuis mon premier jour d'école – j'exagère à peine. Faut dire que j'ai toujours détesté ça, être enfermé entre quatre murs, rester assis, écouter, obéir, ingurgiter des connaissances heure après heure.

Rien à faire : je me sens prisonnier. Une oie gavée de force. Tiens, avale ceci ! Une dose de maths, une dose d'atelier, une dose d'anglais. Jusqu'à la nausée. Cinq minutes entre les doses, pas même le temps de digérer que les contrôles arrivent, les notes, la moyenne, les classements.

Les jugements.

Enfant, j'en étais malade. Je vomissais mon petit déjeuner au moment de quitter la maison. Mon père, ça le mettait dans des colères noires. Il disait que je le faisais exprès. Pour faire mon intéressant ou lui pourrir la vie. Ou les deux.

Laurie prenait ma défense, déjà. Sans elle pour s'interposer, ses poings minuscules serrés sur ses hanches, il m'aurait cogné. Mais là il n'osait pas. Elle lui en imposait. Elle n'avait peur de rien, Laurie, ni de personne.

16

Dans mes cauchemars, j'arrivais souvent à l'école avec juste mon caleçon ou carrément à poil. On se foutait de moi, évidemment, même le maître me montrait du doigt. Ou bien j'étais perdu dans des couloirs interminables à la recherche d'une salle, à traîner d'un étage à l'autre, condamné à errer dans des locaux où résonnaient mes pas…

Je n'en fais plus, des mauvais rêves. Ni des bons, d'ailleurs. C'est le vide, un coma qui rythme mes nuits et mes journées.

J'attends, donc, devant le bureau de la proviseur adjointe. Où je vais sans doute me faire sermonner *gentiment* pour mes absences, mettre en garde *sans brutalité* sur mon avenir.

Car c'est bien ça, le pire, ce petit fond de pitié quand on me parle, cette douceur un peu forcée, un peu artificielle, ces regards par en dessous, cet embarras comme si j'étais très malade, atteint d'une saloperie incurable qui porterait le nom de « le garçon dont la sœur est morte ».

Je fais trois pas dans le couloir, histoire de me dégourdir les jambes. Depuis la pièce d'à côté, restée ouverte, la secrétaire me fait un sourire. J'essaie de le lui rendre, de mon mieux. J'aime la couleur de ses yeux, ils me font penser à la mer. C'est une couleur qui donne des envies d'ailleurs, des envies de voyages.

Elle s'appelle Muriel. Parfois, elle s'offre une pause cigarette devant les grilles du lycée. Il arrive même qu'on échange quelques mots. Je suis rarement à l'aise, avec les adultes. Mais elle c'est différent.

– C'est bientôt à toi, dit-elle. Elle me montre la cloison dans son dos. Elle est au téléphone, ce ne sera plus très long…

Deux profs entrent en discutant. Le plus petit, le barbu, je le connais : Jean-Pierre Bultex, professeur de français histoire-géo. Il nous avait traités de « trous du cul » en seconde, dès la première heure. Et ce n'était qu'un avant-goût. Avaient suivi « petits branleurs de mes deux », « restez pas avachis comme des bouses » et un paquet d'autres choses dans le même registre. La moitié de la classe lui aurait fait avaler sa barbe, l'autre moitié le trouvait irrésistible et en redemandait, s'amusant à le provoquer juste pour l'entendre balancer des horreurs. Dans la bouche d'un prof, ce genre de dérapage est plutôt drôle et carrément inattendu.

Ça change. Ça casse l'ennui.

Son poing droit martèle sa paume.

– Non mais attends ! s'exclame-t-il. Faut arrêter, là, on nous prend vraiment pour des cons !

Il me frôle sans me remarquer. Il ressemble un peu au schtroumpf râleur, la couleur en moins.

11 h 20

Léa

– C'est pas mon jour, soupire la prof, à ce rythme…

L'ordinateur fait des siennes. Elle a dû le rallumer deux fois déjà.

– À une époque, on faisait l'appel sur papier, à la main, ça ne marchait pas si mal.

Ricanements. En début d'heure, elle parle souvent toute seule, comme si on n'était pas là.

– Ah quand même… Baptiste ?

– Ouais, ici.

– Lorsqu'on a un minimum d'éducation on répond présent, s'il te plaît.

– Présent s'il te plaît.

Ses mâchoires se serrent. On pourrait presque entendre ses dents grincer.

Puis elle lâche :

– Tu m'apporteras ton carnet de liaison. S'il te plaît.

– Mais m'dame, c'était juste de l'humour.

– Pas de chance, j'en manque aujourd'hui…
ou alors on n'a pas le même, c'est possible.

Baptiste hausse les épaules. Un T-shirt blanc
Pepe Jeans moule son torse, au plus près. Ce
doit être une sacrée gymnastique pour l'enfiler.
Il passe ses doigts en éventail dans la masse
blonde de ses cheveux et bougonne quelque
chose, trop bas pour que la prof l'entende. Matta,
son voisin, rigole. Camille, elle, se retourne et
adresse au « trop beau gosse » de la classe un
sourire navré. Le clin d'œil appuyé qu'il lui
renvoie la fait s'empourprer jusqu'aux lobes
des oreilles.

Ils m'amusent, en temps normal, ces petits
jeux de séduction. Mais seulement en temps
normal.

– Justin ? poursuit l'hystérique devant son
écran. Justin ?… Justin bon sang, tu réponds oui !

Une salve de postillons atterrit sur le bureau.

– Hein quoi, qu'est-ce qu'y a ?

Le visage de la prof s'affaisse carrément. La
paume de sa main vient se plaquer sur son front.

– Non mais je rêve, là, vous vous êtes passé
le mot ou quoi ? À ton avis, Justin, qu'est-ce que
je fais en ce moment ? Allez, essaie de deviner,
tu en es capable…

– Ben euh… l'appel ?

– Bravo ! Voilà de la matière grise en pleine
ébullition, Einstein n'a qu'à bien se tenir…
Océane ? Océane ?

– Elle est pas là, fait une voix. Je l'ai vue de loin, dans le hall, mais après je l'ai plus vue.

– Ah… donc elle n'est pas là.

– C'est ça que j'ai dit.

– C'est *ce* que j'ai dit, corrige l'enseignante, machinalement.

– Ouais, ben ça revient au même : elle est pas là.

Elle passe sur la remarque mais ses lèvres ne forment plus qu'un trait. Livide. Ça doit bouillir, à l'intérieur, pire qu'une cocotte-minute. Elle reste stoïque et continue pourtant à égrainer les noms.

– Léa ?

– Présente.

Enfin *présente*, façon de parler. *Éparpillée* serait plus juste.

Et raide dingue.

Car j'ai beau lutter, me traiter d'imbécile à répétition, mes yeux, sans cesse, reviennent vers Julie.

Je pourrais presque la toucher en tendant le bras. Je voudrais être contre elle, oui, tout contre.

C'est incompréhensible. J'ai le cœur en morceaux et je brûle de désir pour celle qui l'a mis dans cet état.

Ilyes

J'avale les marches quatre à quatre, jusqu'au deuxième étage. Mon sac pèse un âne mort – trop tordue, cette expression – et les sangles me scient l'épaule. Ce crétin de Steven m'a mis en retard. J'entre au petit trot dans le CDI. Maxime et Yohan sont déjà en place dans la salle vitrée.

L'une des deux documentalistes est assise derrière la banque de prêt, occupée à rentrer des cotes dans son ordinateur.

– Bonjour.

– Bonjour Ilyes, ils n'attendent plus que vous. Léo ne pourra pas venir, c'est Nadine qui le remplace… Bonne répétition.

– Merci.

Je me hâte vers la salle. Ils ont repoussé les tables rondes contre les murs. L'espace est juste suffisant.

Je serre des mains, salue Nadine. Au cours de théâtre, le mardi, on se fait la bise. Mais c'est à l'extérieur, hors du lycée, loin des conventions. Maxime a sa tête des mauvais jours. Il se tient un peu en retrait, l'air absent. Yohan papote et plaisante, comme d'habitude.

Les accessoires s'entassent sur une table et je remarque un carton taché par l'humidité dans lequel se trouvent, pêle-mêle, un os, des fruits et légumes en plastique. Nadine suit mon regard.

— J'ai déniché la dînette d'une amie de ma fille au fond du garage, explique-t-elle, mais je n'ai pas trouvé de navets pour la scène… on devra se contenter de pommes de terre.

— M'étonne pas que votre fille ait été obligée d'emprunter ce genre de truc à ses copines, la taquine Yohan. Je suis sûr que vous lui offriez des bouquins hyper sérieux… genre biographies de féministes qui brûlaient leurs soutiens-gorge en public.

Nadine pioche dans le carton et lui jette une banane d'un jaune douteux. Il l'esquive en riant.

— Exactement! Les pistolets pour les garçons et les poupons à torcher pour les filles, très peu pour moi… petit macho, va! Puis, sans transition : On a peu de temps. Je propose à chacun de revoir son texte. En vitesse. Dès que vous vous sentez prêts on se met en place, OK?

— OK.

J'adore le moment qui précède celui où l'on se glisse dans la peau d'un personnage, une seconde peau collée à la sienne, au plus près, cet instant où les mots écrits par un autre trouvent un écho au plus profond de soi, deviennent vos propres mots.

On a tous un jeu de photocopies sillonnées de stabilo jaune, mais j'apporte toujours mon livre, comme un talisman. Il est corné, gribouillé et le papier ressemble à du papyrus. Je l'ai acheté chez un bouquiniste. Un des anciens propriétaires s'est amusé à remplir d'encre noire – lorsqu'ils apparaissent – les deux O de Godot.

– On commence à quel endroit ? demande Yohan.

– À *J'ai faim*, page 26, répond Nadine.

Océane

Elle est un peu essoufflée. Sa mèche, noire, lui tombe devant les yeux. Elle la repousse derrière l'oreille, un geste que je lui ai vu faire plusieurs fois déjà.

– Excuse-moi, ç'a été un peu long… Je n'arrête pas de courir, depuis ce matin.

Elle contourne le bureau, s'assoit en face de moi.

– Tu veux un thé ? Moi je prendrais bien quelque chose… Thé vert, tu aimes ?

J'acquiesce en silence. Vert, bleu ou arc-en-ciel, peu importe. Je meurs de soif.

Elle met la bouilloire en route. Le sifflement de la résistance plongée dans l'eau emplit l'espace de la pièce. Cela dure un moment, puis l'appareil s'arrête avec un claquement sec. Le bec verseur fume tandis qu'elle me sert. Le sachet tourne dans la tasse dont l'anse est ébréchée. Il s'imbibe, coule vers le fond.

Elle se rassoit, porte le breuvage ambré à ses lèvres mais renonce à boire.

– Trop chaud, dit-elle.

C'est alors, sans transition, qu'elle ajoute :

– Océane, si tu me disais pourquoi tu es venue me voir ? Je sens que c'est important et je suis toute disposée à t'écouter. Et à t'aider si je le peux. Mais d'abord, il faut que tu me racontes ce qui t'amène ici, tu ne crois pas ?

Ses yeux me fixent sans ciller, j'ai l'impression de m'y perdre. Je mords l'intérieur de mes joues, prise de court.

C'est pas possible d'être débile à ce point-là. J'aurais pu m'attendre à cette question, non ? Je m'imaginais quoi ? Rester les fesses posées sur ma chaise jusqu'à midi, muette comme une carpe, à siroter ma boisson chaude ?

Un frisson me parcourt le dos. Je tords mes doigts.

– Moi…

J'ai la bouche pâteuse. Je ne reconnais pas ma voix. Elle semble venir d'outre-tombe, appartenir à une autre personne.

– Moi…

J'ignore encore ce qui va sortir de ma bouche, mais ce premier mot est celui qui convient. Car, pour la première fois sans doute, je m'apprête à parler de moi. De mon « vrai moi », pas de la façade que j'ai peiné à construire pendant des années. Je vais dire qui je suis vraiment et la raison pour laquelle je me sens si mal, aujourd'hui.

Et je vais le dévoiler à une inconnue.

– Moi… je me suis toujours sentie à l'écart, vous savez, décalée. Même si je crois que ça se voit pas trop. Je discute avec les gens, enfin… je les écoute, je pose des questions, je m'intéresse quoi… Alors bien sûr, de l'extérieur, je donne l'impression d'être sociable, d'avoir des copines. Pas comme ceux qui rasent les murs du lycée avec toujours l'air de s'excuser de respirer le même air que vous. Ceux-là ils font de la peine, non ?

« La semaine dernière, Clara m'a invitée à une fête chez elle. On se connaît depuis le collège. Ses parents partaient deux jours. Elle était seule avec son grand frère, l'occasion à ne pas manquer… J'ai hésité. D'habitude, je trouve une excuse. C'est presque un réflexe. Mais là, je sais pas ce qui m'a pris. Je crois que j'en ai marre de vivre comme ça. Mal. À moitié. Alors j'ai dit oui. Elle a eu l'air étonnée… Le problème, c'était mes parents, mais Clara avait tout prévu. Histoire de les rassurer, elle avait proposé aux siens d'inviter une copine pour la nuit. Vu que son frère est plutôt du genre fêtard et déconneur. De cette façon, elle était sûre que sa mère appellerait pas toutes les dix minutes… J'ai eu un peu l'impression de servir d'alibi. Puis j'ai pensé que non, sans doute pas. Elle en a des tonnes, d'amies. Et puis quoi, c'était une chance à saisir… Ça s'est déroulé comme prévu.

Son père a contacté le mien. Il a bien voulu. Il était content que je voie une copine en dehors du lycée, pour une fois. Moi, j'ai passé une drôle de semaine. Je me sentais angoissée, excitée aussi. C'était comme avoir enfin une vie *normale*... »

Clément

— J'ai pris la liberté de te fixer un rendez-vous chez le conseiller d'orientation, dit la proviseur adjointe.

Elle l'annonce d'un ton qui ne se discute pas. Son visage, fermé, ne trahit aucune émotion. Les élèves la redoutent et les profs en jouent. Personne n'a la moindre envie de se retrouver assis là, un billet d'exclusion à la main, piteux, à bégayer des explications.

Je fais oui de la tête mais au fond je m'en fous, de ce rendez-vous. Je n'en attends rien.

Conseiller d'orientation, ça me fait toujours penser à course d'orientation, comme celle, en sixième, dans le parc derrière le collège. Au bout de dix minutes, j'en ai eu marre de courir après des balises à la con et j'ai fini par m'asseoir au pied d'un arbre. À l'ombre. Il faut croire que ce n'était déjà pas mon fort, à l'époque, l'orientation. J'ai passé une bonne demi-heure à observer une colonne de fourmis qui avan-çaient à la queue leu leu avec des bouts de feuilles dix fois plus grosses qu'elles. Chacune semblait savoir très exactement où elle allait et quel était son rôle.

Tout le contraire de moi, aujourd'hui. Je suis désorienté au possible, à la dérive, paumé. Et c'est pas un entretien de plus qui y changera grand-chose.

Ça fait des semaines qu'on me convoque – CPE, infirmière, psychologue scolaire. Et moi je viens, docile, pas contrariant. En pilote automatique. Pour entendre toujours les mêmes platitudes, les mêmes conseils mielleux débités sur ce ton qui m'insupporte : « ne pas se laisser aller », « remonter la pente », « en finir avec la période de deuil », « penser à soi », etc. J'écoute d'une oreille, j'approuve, je donne des signes de bonne volonté. Ils sont satisfaits, ils ont l'impression d'avoir fait leur devoir. Je repars et rien ne change jamais. Il y a toujours ce poignard planté au creux de mon ventre.

La proviseur adjointe, elle, c'est la première fois que je la vois seul à seule depuis la mort de Laurie. Elle était à l'enterrement, noyée parmi la foule, et elle s'est contentée des mots d'usage…

– Et c'est quand ? je demande, histoire de dire quelque chose.

– Dès que tu sortiras d'ici… il t'attend.

– Normalement, j'ai cours avec…

Quelqu'un frappe puis entrebâille la porte sans attendre de réponse. C'est un homme cravaté, avec de grosses lunettes carrées et une écharpe blanche. Le proviseur, je crois.

– Pardon jeune homme… Euh, Douja, tu n'oublies pas la réunion, hein, j'ai reçu un coup de fil du rectorat, ils veulent une réponse avant ce soir.

– J'y serai, sans faute.

C'est pas banal, Douja. Ça sonne vraiment bien.

Je ne sais pas d'où elle me vient, cette obsession pour les prénoms. Peut-être que cela me rassure de nommer les gens. Peut-être que je serai enfin heureux le jour où je connaîtrai le nom de chaque personne sur la planète… c'est-à dire-jamais.

Douja – donc – reprend notre conversation et enchaîne :

– Ça va sûrement te surprendre, alors que je passe l'essentiel de mon temps à ramener les élèves en classe, mais à la limite, peu importe si tu manques quelques heures de plus. Il est nécessaire que tu comprennes pourquoi tu es ici. Et si tu ne trouves pas de réponse satisfaisante à cette question, alors, il est de mon devoir de te trouver une voie. Tu dois reprendre confiance.

Elle clique sur son ordinateur. Devant ses yeux apparaît sans doute le résumé en chiffres, en courbes et en pourcentages de l'élève Clément. Un pli soucieux se forme entre ses sourcils.

Pas génial le résumé, je suppose.

– Excuse-moi d'être si brutale, Clément, mais c'est de pire en pire. Cette semaine, par exemple, je vois que tu as été en retard chaque matin, sans exception…

– Ben oui mais…

– C'est un signe qui ne trompe pas, Clément, tu décroches de plus en plus. On te perd.

– C'est que… depuis… depuis… enfin… personne ne se lève tôt, chez moi, et si je veux pas faire de bruit, si…

Les mots s'embrouillent et je me déteste, d'un seul coup. J'ai honte. Mais pourquoi je raconte ces trucs ? Pourquoi je ferme pas ma gueule, comme d'habitude ? Est-ce que ça regarde quelqu'un si ma mère est un zombie qui se shoote aux médicaments, si mon père a perdu son boulot et me hurle dessus dès que je bouge le petit doigt ? Est-ce que ça regarde quelqu'un s'il aurait préféré que ce soit moi, qui meure, plutôt que Laurie ?

De toute façon, tout le monde s'en balance de notre vie de merde.

Je sens peser sur moi le regard de Douja. Une goutte de sueur dévale ma tempe. J'ai le corps tendu à se rompre. Mes doigts de pieds sont recroquevillés dans mes chaussures. J'ai horreur de m'apitoyer sur moi-même.

Je lève les yeux. Les siens brillent. Elle est pâle et ses cils battent très vite. Elle avale sa salive, avant d'enchaîner :

— Je connaissais un peu Laurie, tu le sais, elle représentait les élèves au conseil d'administration. J'ai eu l'occasion de discuter avec elle, plusieurs fois. Une forte personnalité, quelqu'un de pas ordinaire. Je me souviens qu'on avait même parlé de toi, quelques mots en passant, mais assez pour comprendre à quel point vous étiez proches… Ce n'est plus l'adjointe qui te parle, là, et pour être franche, je ne suis pas trop sûre d'être en droit de te dire des choses pareilles. Je n'essaie pas de t'embobiner, Clément, je te livre ce que j'ai sur le cœur. C'est sans doute banal, mais ça a le mérite d'être honnête : j'ai le sentiment, je suis même convaincue qu'elle aurait souhaité…

Elle hésite à nouveau, comme en déséquilibre. Sa voix se fissure et moi j'ai la gorge de plus en plus nouée. Parce que c'est pas du tout son genre de s'ouvrir ainsi. Et ça me trouble.

— Je suis persuadée que Laurie aurait voulu que tu vives pour deux, deux fois plus fort, parce que si tu étais parti, toi, à sa place, elle l'aurait fait, elle aurait dévoré la vie…

Un uppercut en pleine poitrine. J'en ai le souffle coupé, lacéré, en pièces. Je respire mal. Les yeux me piquent mais pas question que je pleure. Je serre les dents.

Avec ce que j'ai déjà versé je devrais être à sec, non ?

Douja se lève et je l'entends qui ferme le store. Les lames se collent les unes aux autres, on ne peut plus nous voir de l'escalier. Puis elle fait un truc impossible, elle se rassoit dans son siège à roulettes et elle prend ma main droite entre les deux siennes.

Un geste mal assuré, mais sincère, à la fois doux, plein de chaleur et super embarrassant.

– Ça va aller, Clément, je te promets que ça va aller. On va lutter ensemble et on fera ce qu'il faut, je te le jure, tu n'es pas seul…

– Merci, je balbutie, merci vraiment.

C'est tout ce que j'arrive à articuler. J'ai envie de fondre en larmes et, au même instant, une partie de moi s'amuse de cette scène que Laurie aurait trouvée irrésistible – son petit frère main dans la main avec la proviseur adjointe ! « Tu as vérifié que ce genre d'attouchement est autorisé par le règlement intérieur ? » elle aurait demandé entre deux éclats de rire, forts à en faire venir les larmes aux yeux – justement.

11 h 28

Léa

Oh non!

Manquait plus que ça : mon portable se met à vibrer dans ma trousse. Si Pit-Bull le remarque, je suis virée dans la seconde qui suit et mon téléphone atterrit sur le bureau de l'adjointe. Moyen, comme perspective. Le machin fait un raffut du diable en se cognant au tube de colle et aux ciseaux. Heureusement pour moi, Baptiste l'a entendu et se met aussitôt à tousser pire qu'un tuberculeux pour couvrir le bruit. Solidarité oblige. Le portable, c'est sacré, plutôt perdre un œil que se le faire confisquer. Bon il en rajoute, Baptiste, il en fait des tonnes. On a l'impression qu'il va mourir. Ses vingt centimètres de cheveux font des vagues blondes sur sa tête.

La prof stoppe au milieu d'une phrase et le zyeute d'un air soupçonneux par-dessus la monture de ses lunettes.

– C'est pas un peu fini ce cirque, oui ? lance-t-elle.

– Pardon m'dame, fait le garçon, reprenant son souffle, je couve un sale truc, sûrement la grippe. J'aurais dû me faire vacciner.

– La grippe, hein ? Et le vaccin contre la bêtise, il sort quand ?

– C'est pas gentil ça, m'dame.

Elle hausse les épaules.

– Je ne crois pas être payée pour être gentille.

– Et la vaccination anti-profs psychopathes, c'est pour bientôt ? lâche Justin, assez fort pour faire pouffer les trois derniers rangs.

L'échange me laisse le temps de récupérer l'appareil, discrètement. C'est un SMS de Julie. Mes doigts ont la tremblote en se posant sur l'écran tactile.

J'ai bien envie de faire un tour, écrit-elle, *tu viens avec moi ?*

Mon cœur tente et réussit un triple salto dans ma poitrine. Faire un tour ? Comment ça, *faire un tour* ? On est en cours, là, on… Je vois Julie qui lève la main et je panique : je suis censée faire quoi, au juste ?

– Madame.

L'autre se détourne du tableau interactif sur lequel s'étalent des choses incompréhensibles. On croirait qu'elle va mordre.

– Quoi encore ? fait-elle.

– Je me sens mal… est-ce que je peux aller à l'infirmerie ?

Julie a pris une petite voix, pleine de rauques, de failles, de faiblesses. Juste ce qu'il faut pour attendrir. Du grand art.

Même si l'effet sur la prof n'est pas flagrant.

– Ah bon… c'est si grave que ça ?

– Ben… j'ai la tête qui tourne, des nausées, j'ai…

L'enseignante capitule.

– C'est bon, pas besoin de me réciter le dictionnaire médical… il faudrait que quelqu'un t'ac…

– Moi ! Moi ! Je veux bien y aller, moi !

Oh la honte ! Trente-deux paires d'yeux me fixent. Je ne sais plus où me mettre. Qu'est-ce qui m'a pris de crier ? Un réflexe idiot. Et la peur. Qu'on me devance. La peur de passer à côté.

Mais à côté de quoi ? Je ne comprends pas grand-chose à ce petit jeu.

La prof, elle, peut donner libre cours à son humour vachard.

– Puisque cela semble être une question de vie ou de mort, allez-y ensemble… mais je veux un mot signé de l'infirmière avec vos heures d'arrivée et de départ, sinon…

– Bien sûr, madame.

– Laissez vos affaires ici, ajoute l'enseignante, je prédis une résurrection rapide… avant midi, disons.

– Ouah m'dame ! s'exclame Baptiste. Vous êtes trop forte : vous avez des dons de voyance !

– Absolument. D'ailleurs… Elle ferme les yeux un instant, sa main droite agite l'air devant son nez : … je vois deux heures de colle dans ton avenir proche, une prédiction sûre à cent pour cent, garantie ! Et même renouvelable si besoin est.

Quelques murmures de protestation courent de table en table.

Je me lève de ma chaise. Julie fait de même. On se dirige vers la porte et la distance qui m'en sépare me semble immense, interminable. J'ai les jambes en coton et le sentiment bizarre de ne plus savoir marcher. Je respire un grand coup. Un pied devant l'autre. C'est le plus simple. Et surtout ne pas se poser de questions.

Enfin, on se retrouve dans le couloir.

– Viens, fait Julie.

– Mais ce n'est pas la direction de…

– Viens, s'il te plaît.

Je n'ose rien ajouter. On avance en silence, d'un pas rapide. On passe le CDI devant lequel les documentalistes ont installé une table couverte d'une pile de livres surmontée d'une injonction : *Servez-vous !* À l'intérieur, on aperçoit des élèves debout, en demi-cercle, devant un spectacle que leurs silhouettes nous dissimulent. Dans d'autres circonstances, la curiosité m'aurait poussée à en savoir davantage. Mais pas là. Trop d'incertitudes.

On longe la rambarde. En dessous, au premier étage, un élève est allongé sur deux fauteuils en rotin disposés l'un en face de l'autre. Il remue la tête de droite à gauche, des écouteurs vissés aux oreilles.

C'est fou comme le lycée est paisible, pendant les heures de cours.

En face de la salle d'arts appliqués, les escaliers sont un puits sombre qui plonge en colimaçon vers le rez-de-chaussée. La plupart des élèves leur préfèrent la montée centrale.

La lourde porte se referme derrière nous en frottant sur le sol et Julie me saisit l'avant-bras pour m'attirer contre elle. C'est soudain. Presque brutal.

– J'en pouvais plus d'attendre, dit-elle, avant de plaquer sa bouche sur la mienne.

Un frisson m'électrise le corps entier. C'est fantastique. C'est… C'est ce dont j'avais rêvé. Une mèche de ses cheveux tombe sur ma joue. Elle a une odeur de vanille.

Je ne sais pas combien de temps dure ce baiser.

Nos lèvres se séparent. Son visage recule de quelques centimètres.

– Excuse-moi pour ce matin, souffle-t-elle, ce n'était pas de l'indifférence. J'étais troublée, t'imagines pas. Je ne savais pas comment faire pour t'aborder, te parler, je… enfin… c'est oui à tout ce que tu demandais dans ton message, hier, c'est oui oui oui, mille fois oui !

Nos bouches se cherchent à nouveau. Mes mains caressent l'arrondi de ses épaules, sa nuque, la naissance de son dos. Les siennes remontent mes reins, le creux de ma colonne.

Jamais je ne me suis sentie aussi pleinement heureuse. Jamais je n'ai éprouvé un tel sentiment pour personne.

– Je t'aime.

Ma voix s'étrangle un peu dans ma gorge. Je me rends compte que c'est la première fois que je prononce ces mots. Ça me fait un peu peur, mais c'est tellement bon.

Ilyes

C'est chaque fois pareil et pourtant, c'est toujours unique. On commence à jouer et le temps de l'école, découpé par la sonnerie, ce temps auquel on obéit sans y penser, disparaît et fait place à celui de la pièce. Rythmé, lui, par la vaine attente des personnages, leurs faux espoirs, leur angoisse du silence et du vide.

C'est curieux car l'espace même se modifie. Nous n'avons aucun élément de décor, nulle trace d'une *route à la campagne, avec arbre*, comme le précisent les didascalies au premier acte. Et cependant, il me semble que le CDI n'est plus le même, qu'avec un peu d'imagination les rayonnages pourraient dessiner un chemin sinueux et que cette plante en pot, là, cette fougère dont les feuilles jaunissent, pourrait très bien figurer un arbre.

Nous sommes ici et ailleurs. Entre deux univers. C'est parfois déchirant, mais toujours magnifique.

Nadine appelle cela « le sortilège du spectacle vivant ». Un rituel vieux comme le monde. Des êtres humains face à d'autres êtres humains créent un monde à partir de rien, ou presque. Elle dit que le virtuel, jamais, ne remplacera cet ensorcellement.

Je l'espère.

Autour des tables, les conversations à voix basse se suspendent, devant les ordinateurs les élèves abandonnent leurs recherches, sur les chaises plantées face à la baie vitrée on délaisse les livres de cours.

Nous endossons nos rôles comme on enfile un vêtement familier.

Plus rien n'a d'importance. L'attention est ramenée au texte, aux voix, aux mouvements des corps.

Mon personnage annonce :

– J'ai faim.

Voilà, nous y sommes : je m'appelle Estragon et je mâche une carotte.

Océane

Elle écoute. Et au fur et à mesure de mon récit, le vert de ses yeux s'assombrit. Leur couleur me fait penser à l'eau d'un lac recouvert par la nuit.

Et moi, je me vide de cette histoire qui me tord à l'intérieur, qui me bouffe en dedans.

– Je suis arrivée chez Clara en avance. Avec des affaires de rechange, mon sac de cours et aussi la seule tenue un peu sexy que j'avais dans ma garde-robe. Son grand frère, je le connaissais de vue. Il est en terminale. Il a l'air cool. Un peu absent. Il fume pas mal, paraît-il… Avec Clara, on est montées dans la salle de bains et j'ai adoré ce moment entre filles. C'est bizarre, non ? On était en sous-vêtements, nos fringues étalées un peu partout. Elle m'a montré son tatouage, un petit diable rouge au-dessus des fesses. Elle parlait de garçons. Moi, je disais rien. J'avais rien à raconter. Mais ça allait changer, j'en étais sûre… Clara savait me mettre à l'aise. Vous la connaissez sûrement. Elle a ce petit truc en plus. Qui attire. Qui plaît. Le petit truc qui me manque… À un moment, elle m'a détaillée et elle a dit que c'était une chance d'avoir une belle poitrine, bien ronde, ferme et tout. Ça m'a fait plaisir. Fallait la mettre en valeur, au maximum. Les mecs adorent ça. Elle a ajouté qu'elle se paierait des seins neufs dès qu'elle aurait les moyens… Après, elle m'a maquillée. Une vraie pro. Dans le miroir, j'ai eu du mal à me reconnaître. Je me suis trouvée… ben presque belle, pour une fois.

« On est redescendues. Son frère avait mis de la musique. Il faisait des ronds de fumée, allongé sur le sofa. Une bière à la main. Ses potes allaient pas tarder. Il nous a dit de nous servir à boire dans la cuisine. C'était en libre service. On serait tout de suite dans l'ambiance… Il y avait une rangée de bouteilles au-dessus de l'évier. J'ai dit à Clara que je prendrais la même chose qu'elle. Elle a mélangé deux trucs dans un grand verre. Les soirs de fête, elle se contentait de grignoter quelques chips. L'estomac vide, ça accélère les effets de l'alcool et ils durent plus longtemps. On a trinqué. À nous… La première gorgée m'a donné un haut-le-cœur. C'était sucré et très fort. J'ai toussé. J'ai pas l'habitude, moi, je bois jamais. Des gens débarquaient. Clara a vidé son verre cul sec. On n'est pas à une dégustation, elle a dit. Je l'ai imitée et elle avait raison. Ça passait mieux. C'était même plutôt agréable… Clara m'en a servi un deuxième. On allait être dans un sale état, le lendemain. Mais on s'en foutait. Au pire, on dormirait en classe. Et alors ? J'ai rigolé. J'ai trouvé que c'était une façon sympa de voir les choses. Somnoler dans le cours de Pit-Bull, ça me changerait pas vraiment…

« On a rejoint les autres. La musique était très forte. Les basses cognaient dans mon ventre. La pièce tanguait. Avec Clara, on s'est retrouvées à danser, à faire les folles. Je me serais jamais crue capable d'une chose pareille. J'étais déchaînée… Peu à peu, tout le monde s'est mis à bouger. Des couples, des filles seules, quelques mecs. L'un d'eux ondulait devant moi, en me fixant. Ça faisait vieux plan de drague, mais il était tellement mignon… Son regard plongeait dans mon décolleté et ça me plaisait bien… Il m'a demandé mon prénom à l'oreille, m'a donné le sien. Guillaume. Il semblait très sûr de lui. Arrogant, même. Clara s'est collée à moi et on a continué ainsi, soudées l'une à l'autre. Des garçons nous entouraient. C'était génial d'être le centre d'intérêt, d'être…

« Vous vous souvenez de ce film qu'on a vu, avec "lycéens au cinéma" ? *Cet obscur objet du désir*. J'ai pas trop accroché à l'histoire mais le titre… qu'est-ce qu'il est beau, non ? Eh ben c'était *ça*, exactement. Et ça faisait un bien fou… Guillaume me lâchait plus. Il m'a proposé d'aller boire quelque chose. On s'est posés dans un sofa. Clara se trémoussait toujours et je rigolais trop de la voir jeter ses bras au plafond, hurler des trucs incompréhensibles. On passait une soirée incroyable… Guillaume s'est penché vers moi. Il m'a dit que je lui plaisais énormément et sa bouche s'est rapprochée de la mienne, jusqu'à la toucher. Ça sentait encore la vieille technique, mais on s'est embrassés. Avec l'alcool, c'était pas hyper agréable mais au moins j'embrassais quelqu'un. Et ça n'arrivait pas si souvent… On a dansé, encore, puis bu. Guillaume se montrait de plus en plus pressant. Ses mains se baladaient sur moi. La boisson rendait tout un peu flou, incertain, je laissais faire… Puis il m'a proposé d'aller à l'étage. J'étais carrément ivre et un rien me faisait rire. La maison entière oscillait comme une barque. J'ai répondu que je m'amusais bien, ici, c'était cool. Il a insisté, juste un moment ensemble. J'ai dit OK… Je tenais plus trop bien sur mes jambes. J'ai buté contre une marche et il m'a prise par la taille. Il connaissait les lieux. On est entrés dans la chambre du frère de Clara. J'ai remarqué des posters de Bob Marley aux murs et un drapeau *Peace and Love*. Quand on est tombés sur le lit, j'étais complètement dans la brume…

« Très vite, on s'est retrouvés nus et c'est alors qu'une petite sonnette d'alarme s'est déclenchée dans mon esprit. Fallait pas, non, pas de cette façon, pas une première fois… et même pas une dixième. Pas si vite. C'était pas moi, ça. C'était pas ce que j'attendais d'une relation, même d'un soir… J'ai dit : S'il te plaît, arrête ! Et lui a fait : Quoi ? Qu'est-ce tu racontes ? Avec de l'agacement dans la voix. J'ai répété.

Tu te fous de ma gueule ? Tu crois que tu peux m'allumer comme ça et changer d'avis ? Tu vis sur quelle planète, toi ? Ce sont ses mots, exactement. Jamais je les oublierai. J'ai essayé de le repousser mais il était trop lourd, trop fort. J'ai voulu appeler à l'aide mais sa main s'est plaquée sur ma bouche. Comme une gifle. Il a dit que si je l'ouvrais encore, j'allais le regretter. J'ai eu très peur… Alors, d'un seul coup, j'ai plus eu la force de rien. J'ai juste réussi à repousser la douleur dans un coin de mon cerveau. Il y avait cette fissure, au plafond. Je m'y suis raccrochée jusqu'au bout, jusqu'à ce que cette horreur se termine… »

Je m'interromps. Les larmes se sont mises à couler sans que je m'en rende compte. Elles dévalent mes joues, se perchent sur ma bouche avec un goût salé, puis dégoulinent vers mon menton.

Clément

Je monte au ralenti les marches qui mènent au deuxième étage. Et je me repasse en boucle les paroles de la proviseur adjointe : « Je suis persuadée que Laurie aurait voulu que tu vives pour deux, deux fois plus fort. »

La phrase a touché juste, là où ça fait le plus mal, et elle poursuit son chemin, têtue, ne me lâche pas.

Parce qu'elle a mille fois raison, bien sûr, parce que, avec Laurie, rien ne semblait impossible. Elle voulait bouffer le monde entier et souvent elle disait *nous* en parlant de voyages, de rencontres, de découvertes.

Nous, elle et moi, une seule personne.

Mais voilà : comment c'est possible, de vivre pour deux, alors que l'on n'est même pas sûr d'être en mesure de vivre pour soi, ni même d'avoir envie de continuer à vivre ?

Laurie, il y a cette chanson qu'elle adorait, au titre un peu bizarre : *My Iron Lung*. Elle m'en avait expliqué le sens. « Mon poumon d'acier », en français, le nom d'une machine capable de respirer pour celui qui n'y arrive plus.

C'est ce qu'elle était, Laurie, *my iron lung*, et depuis qu'elle est partie j'étouffe, j'ai l'impression de me noyer.

Alors vivre pour deux je veux bien, moi, mais comment ?

Je pousse la porte du CDI quand retentit un cri terrible, qui vrille l'air et se perd en écho entre les rangées de livres. Je sursaute et ma main glisse sur la poignée. J'entre malgré tout. Et là je vois… En fait, au début, je ne distingue pas grand-chose. Plein de monde se tient debout. Je m'approche de l'attroupement et quand j'aperçois enfin de quoi il s'agit, ça ne ressemble à rien de compréhensible.

Il y a un élève vêtu d'un manteau et d'un chapeau mou, armé d'un fouet, qui tient une des documentalistes au bout d'une longue corde. Celle-ci est encombrée d'une valise, d'un siège, d'un panier et d'un manteau replié sur un bras. Elle avance d'une démarche de somnambule vers une pièce vitrée dans laquelle deux élèves coiffés eux aussi de chapeaux courent en rond avant de se tenir enlacés, visiblement terrorisés.

– C'est du théâtre, explique une voix. Une pièce qu'ils répètent…

Je regarde à ma droite. C'est l'autre dame du CDI. Et elle me parle :

– Je vous ai vu entrer juste au moment où Pozzo – enfin, le comédien – hurlait. Si on n'est pas prévenus, on peut se faire des idées… ou des frayeurs.

– Ah oui… merci, je bredouille, c'est vrai que j'ai cru, enfin, je me suis demandé…

– Vous êtes sûr que ça va ? Vous êtes vraiment pâle, vous savez.

Elle a posé sa main sur mon avant-bras en prononçant ces mots. Décidément, c'est la journée « tâtez du Clément ». Elle a les cheveux courts, à la garçonne, un pull échancré et sa peau est semée de grains de beauté.

J'aime bien sa façon de me vouvoyer. C'est rare, au lycée. Et puis elle est franchement agréable à regarder.

– Plus vite ! crie l'élève au manteau, en faisant claquer son fouet.

La scène me met mal à l'aise.

– Ça ira, merci, je dis, j'ai juste été surpris. À propos, vous ne savez pas où se trouve le bureau du conseiller d'orientation, j'ai rendez-vous.

– Mais certainement, c'est juste là. Je vous accompagne si vous voulez.

Elle me sourit et ses pommettes s'arrondissent joliment.

– Arrière ! tonne la voix du jeune comédien.

Des rires éclatent. La documentaliste, tirée par la corde, vient de s'affaler avec son chargement.

– C'est par ici, venez.

On contourne les rayonnages jusqu'à une porte dont la partie droite est vitrée. Elle toque et quelqu'un répond : « Entrez ! »

La pièce est étroite. Le conseiller d'orientation est perdu tout au bout, derrière un bureau dont les côtés touchent presque les murs. Il mâchouille le bout d'un stylo, assis devant une masse de documents.

– Un élève pour toi… Sois gentil avec lui, s'il te plaît, il vient d'avoir son lot d'émotions avec la répétition du club de théâtre.

– Mais je suis toujours gentil, moi, proteste le bonhomme, et si tu as le moindre doute là-dessus, sache que je suis disposé à le prouver.

Elle s'adresse à moi :

– Il dit énormément de bêtises, fait-elle, mais c'est un brave garçon, et compétent avec ça… Je vous laisse.

Puis elle fait demi-tour. Elle porte un jean noir moulant et le conseiller d'orientation, hypnotisé, suit le mouvement de balancier de ses fesses avant qu'elle ne referme la porte. C'est tout juste si sa mâchoire inférieure ne tombe pas sur la table dans un grand « boum ! », comme le loup dans les dessins animés de Tex Avery qu'on se passait en boucle sur YouTube, avec Laurie.

Il sort de sa rêverie avec un soupir et se racle la gorge.

– Tu dois être Clément, hein ? Je t'attendais.

Deux de ses incisives se chevauchent et une lueur rigolarde brille dans ses yeux bleus.

– Je suis Patrice Lebauju. Assieds-toi, je t'en prie.

En troisième j'en avais vu un, de conseiller d'orientation, il ne ressemblait pas à celui-ci, il était plutôt du genre sinistre. On y passait l'un après l'autre et il était censé nous aider à faire nos vœux. Je me rappelle avoir ouvert des yeux ronds tandis qu'il me montrait des schémas, des sigles, des arborescences, des machins reliés à d'autres machins destinés à me sauver du néant. Son index suivait les flèches, filière ceci, diplôme, travail. De la vie obligée. Il débitait ses phrases en détachant bien les syllabes, comme s'il parlait à un imbécile. J'étais censé, d'une façon ou d'une autre, parcourir une de ces voies. Sans retour en arrière : une seule direction possible. Sans chemin de traverse. Je me sentais paniquer. Qu'est-ce que j'en savais, moi ? Je ne trouvais rien à répondre à ses questions et mes indécisions lui tiraient un air navré, le genre : qu'est-ce qu'on va pouvoir faire d'une nullité comme toi, mon pauvre garçon ?

— Bon, on ne va pas perdre de temps, déclare Patrice Lebauju, si je comprends bien la situation tu ne te plais pas trop, ici, c'est bien ça ?

— Oui. C'est plus ou moins ça. C'est dur à dire, c'est un ensemble.

Il hoche la tête.

— Ce n'est pas évident de s'engager, hein, de faire des choix ? Mais je te rassure : on peut aussi changer d'avis en cours de route, ce n'est pas interdit. Et rêver non plus n'est pas interdit… Tiens moi, par exemple, je suis conseiller d'orientation, *a priori* ce n'est pas hyper glamour. Eh bien à ton âge, je voulais devenir joueur de tennis. Il me désigne ses jambes. — Ruptures des ligaments croisés, carrière foutue… Quand j'y repense, c'est peut-être ce qui m'a donné envie d'aider les autres à y voir plus clair, qui sait ?

J'apprécie cette façon qu'il a de s'adresser à moi, sans détour. J'acquiesce en silence. Je serais étonné qu'on redonne un sens à ma vie à coups de brochures, catalogues et fascicules, mais je devrais au moins passer un moment pas trop désagréable, avec lui.

C'est mieux que rien.

– Qu'est-ce qui te déplaît, ici ?

– Ben je m'ennuie, j'aime pas l'atelier, le bruit, j'aime pas être enfermé… voilà quoi… en gros.

– Et qu'est-ce qui t'attirerait ?

Je hausse les épaules. Je vais encore aligner des banalités, des trucs vagues, sans consistance. Je vais encore passer pour un gros débile.

– Je préférerais bouger, changer d'endroit, voir des choses différentes, ça me gave la routine… Mais bon, avec mes notes et mon dossier scolaire, pilote de ligne ça risque d'être compliqué.

Il sourit et se gratte le menton.

– Ouais, pilote de ligne peut-être pas dans l'immédiat… mais attends, tu me fais penser que je viens de recevoir de la documentation sur un nouveau bac pro. Il farfouille dans une pile de papiers. – Ah voilà : batelier, ça te dit quelque chose ?

– Non, rien du tout.

— Et marinier ?

— Pas plus.

Il empoigne la souris et clique sur son ordinateur qu'il fait pivoter vers moi.

— J'ai vu des trucs intéressants, sur Internet. Ce sera plus parlant.

Une page apparaît. Avec des photos. L'une montre l'intérieur d'une péniche. Des écrans, des boutons, un portable aux trois quarts fermé, un micro, un verre et une bouteille d'eau. Je suppose qu'il s'agit du poste de pilotage. Une autre image, en dessous, le même bateau vu de l'extérieur, à quai. Son nom est le *Magellan*. C'est écrit à l'arrière, en grosses lettres noires sur fond blanc. Il paraît immense, aussi grand qu'un terrain de sport.

M. Lebauju reprend ses explications :

— Il s'agit d'un diplôme de navigation fluviale. Les élèves se font la main sur une péniche-école amarrée dans le port de Montélimar… classe, non ? Tu crois que ça pourrait te plaire ?

Je regarde à nouveau. L'eau est marron-vert mais le ciel, au-dessus, s'éclaire d'une lumière splendide. Il y a des arbres sur la rive. Et le fleuve, surtout, dont on devine la force.

À la fois tranquille et irrésistible.

— Ben peut-être, pourquoi pas ? Est-ce qu'on peut aller loin, sur une péniche, ou c'est juste genre je fais deux kilomètres et je reviens ?

Il y a de l'incrédulité dans la voix du conseiller d'orientation.

– Attends, tu plaisantes ! Je ne suis pas un spécialiste mais je peux t'assurer que le réseau fluvial couvre une grande partie de l'Europe. Avec le bordel sur les routes et le prix de l'essence, crois-moi, c'est l'avenir. Je suis sûr que tu peux partir de Marseille et que tu finis… je sais pas, moi, à la mer Noire si ça se trouve. Franchement, ça te fait pas rêver ?… Mais attention, hein, prévient-il, c'est encore de l'école avec des cours et le reste, tu ne passes pas ta journée à faire du ski nautique sur le Rhône… Je téléphone si tu me le demandes. Ils n'ont pas fait le plein parce que c'est récent et qu'ils n'ont pas encore eu vraiment le temps de communiquer autour de la formation. Mais il ne faut pas traîner. Si tu es motivé, j'appelle dans la journée. On devrait arriver à te faire entrer, l'année n'a pas démarré depuis bien longtemps… Seulement réfléchis bien, c'est dans la Drôme, tu ne pourras pas rentrer chez toi chaque soir. Ça t'ennuierait l'internat, quitter ta famille ?

– Non, ouh là là non.

Je suis à deux doigts d'ajouter que c'est sûrement la meilleure chose qui pourrait m'arriver.

11 h 50

Léa

On ne parle pas. On se découvre l'une l'autre, étonnées d'être ici, entre ces murs, de ce que l'on vit et de la vitesse incroyable à laquelle hier a fait place à aujourd'hui – et ne lui ressemble en rien.

Nos mains s'enhardissent. Nos bouches se posent sur des morceaux de peau brûlants. Mon sang bat fort dans mes veines. Tant de nouveaux territoires à explorer, de frontières à franchir.

J'ai envie de la voir nue, j'ai envie de me réveiller à côté d'elle, j'ai envie de voir ses cheveux répandus sur un lit, j'ai envie de connaître son odeur de nuit et le goût d'elle le plus secret.

J'ai envie qu'on se fasse les promesses les plus folles, les plus déraisonnables.

Elle se blottit dans mes bras. L'air est plus dense dans mes poumons. Et je voudrais que cet instant ne finisse jamais.

– Tu as entendu ? demande Julie.

– Quoi ?

– La porte, en haut…

Ilyes

Nadine interrompt le jeu.

C'est souvent brutal, cette remontée à la surface, comme après une longue apnée.

– Maxime tu n'y es pas, aujourd'hui, ta façon de jouer est mécanique, tu te calques sur Ilyes alors que ton personnage est plus vif, plus raisonneur, il se donne une apparence d'optimisme, il essaie de prendre des initiatives…

– Ouais je sais, je suis nul.

Nadine a un temps d'arrêt. J'étais trop concentré sur mon rôle pour remarquer cette ombre sur le visage de Maxime. Son attitude, je m'en rends compte, n'est pas un simple accès de mauvaise humeur. C'est plus sérieux que ça.

– Ce n'est pas ce que j'ai dit, tempère Nadine. Et puis il y a des jours sans, tu sais, ça arrive à tous les comédiens. Je pourrais te raconter de grands moments de solitude…

Il soupire et la coupe. Il y a de l'agacement dans sa voix.

– Ah ouais ? Moi aussi, je pourrais…

Une gêne presque palpable s'installe dans la pièce. Maxime va mal, c'est évident. Mais ça n'excuse pas tout. De taciturne, il devient désagréable.

Nadine hésite – le remettre à sa place et risquer d'aller au conflit, ou passer outre ?

Finalement elle prend sur elle et enchaîne :

– Yohan c'est bien. Pozzo est en représentation, il a besoin d'une audience. Il cherche constamment à produire son effet. N'hésite pas à en rajouter… Sinon, tu es aussi très convaincant dans ce rôle de maître, de dominant, de celui qui prend plaisir à humilier.

– Merci. Je vous avouerai que la scène m'inspire… J'ai jamais eu l'occasion de fouetter une documentaliste, avant, et franchement j'y prends goût !

On éclate de rire. La remarque arrache presque un demi-rictus à Maxime, qui tire par ailleurs une gueule d'un mètre de long.

– Petit pervers, annonce Nadine, profites-en ça ne durera pas, la semaine prochaine Léo prend le relais… Quant à toi, Ilyes, ne change rien à ta façon de jouer, en équilibre constant entre tragique et ridicule… c'était parfait.

Yohan m'adresse un clin d'œil accompagné d'une moue d'approbation.

Ni lui, ni Nadine, ni personne ne se doute à quel point ces paroles me touchent, la résonance qu'elles trouvent dans mon passé.

C'est inévitable, ce genre de remarque me ramène à mes premiers mois en France et à ce terme par lequel on me désignait, alors : primo-arrivant. Au début, je croyais que c'était une sorte de maladie un peu honteuse et probablement exotique puisque les Français, eux, semblaient en être immunisés. Pas de primo-arrivant chez les Gaulois. Et puis j'ai compris. Le primo-arrivant débarque d'un autre pays et ne parle pas la langue. Au mieux, il la *baragouine*. Et cela prête à rire. On imite son accent. On le caricature. On s'amuse de ses contresens et de ses confusions.

C'était pour moi une vraie source d'angoisse et de frustration, comme se retrouver devant une porte fermée. Ou un puzzle dont les pièces ne parviennent pas à s'emboîter.

Au début, j'osais à peine prendre la parole. Tout, en français, me paraissait friable, incertain. Je m'en méfiais.

Puis très vite, j'ai réagi. J'ai appris à me défendre, à dompter cette langue sauvage qui m'échappait. À m'en faire une amie. À l'aimer.

Cécile, l'institutrice, n'était pas avare de son temps. Elle m'encourageait, me prêtait des livres. Je n'étais jamais rassasié d'apprendre.

Dans des cahiers de brouillon, je recopiais les mots du dictionnaire et les répétais à voix haute pour mieux les avoir en bouche, en goûter les nuances.

Et pourquoi pas ? On m'avait assez répété que j'étais dans le pays de la gastronomie.

Le théâtre a suivi, naturellement.

– J'aimerais pour terminer que l'on reprenne au moment où Lucky pleure, fait Nadine, après un regard vers Maxime. Il nous reste encore un peu de temps.

J'approuve d'un hochement de tête. Je suis moi aussi troublé par son attitude. Ses mâchoires serrées, son regard obstinément tourné vers le sol. Seul Yohan ne se défait pas de son enthousiasme habituel.

– Ouais cool, dit-il, je sens que je vais encore me régaler.

Ce n'est jamais simple, ces allers-retours entre le texte et la réalité. Je chasse une dernière pensée parasite.

Parasite, mais douce.

Si j'ai mon bac, à la fin de cette année scolaire, je serai le premier de ma famille à le décrocher.

Océane

– Océane, j'en sais assez, dit-elle, alors si c'est trop douloureux, je comprendrais très bien que tu…

Je l'interromps.

– Non. Vous savez, faut que j'aille jusqu'au bout…

Parce qu'il est nécessaire que je revive ce cauchemar, en entier, pour mieux l'anéantir.

– Guillaume s'est affalé sur moi puis a roulé sur le côté. J'étais comme morte. L'impression de peser des tonnes. La cicatrice, au plafond, ressemblait à un sourire moqueur, cruel. Le Joker dans *Batman*, c'est l'image qui m'est venue. Je méritais rien de mieux… Entre mes cuisses, quelque chose de chaud et d'épais. Est-ce que… ? Parler à Guillaume me répugnait. Mais pas le choix. Je lui ai demandé s'il avait mis un préservatif. C'était idiot, je connaissais déjà la réponse. Je refusais sans doute d'y croire. Il s'est étiré en bâillant. Comme si de rien n'était. Comme s'il venait pas de me violer… Sa présence, si proche, me donnait envie de hurler. Il a dit : Quoi ? Et il a ricané. Ça m'a fait frémir de dégoût. À ton avis ?… Je me suis essuyée avec le drap, en vitesse, avant de me lever. Je pouvais simplement pas rester dans cet endroit une seconde de plus… J'avais honte de ma nudité, là, devant lui. Alors je me suis habillée. Vite. Avec des gestes saccadés. Je pensais qu'à fuir. Il m'a interpellée mais je sortais déjà… J'ai descendu l'escalier. J'avais la nausée, je me sentais sale. Souillée… Clara embrassait un garçon. Elle m'a vue. Elle avait transpiré. Beaucoup. Ses cheveux lui collaient au front. Sa peau luisait. Ses yeux étaient vitreux. Franchement moche à voir. Mon miroir. Mon portrait craché. Moi un peu plus tôt. Elle s'est exclamée en rigolant que je cachais bien mon jeu, au lycée, avec mes airs de sainte-nitouche. Est-ce que je m'étais bien éclatée, là-haut, avec le très sexy Guillaume ?… Aucune méchanceté dans ces propos. Je pouvais m'en prendre qu'à moi. Je m'étais comportée comme la dernière des connes et j'étais tombée sur un salaud… Pourtant, j'ai senti une violence terrible me courir dans les veines. J'aurais pu la frapper pour effacer de son visage ce sourire niais. Ç'aurait été injuste. Alors je me suis dirigée vers la porte. Où tu vas ? elle a demandé. J'en savais rien. Où est-ce qu'on est censé aller, après avoir subi *ça* ?… Dehors, j'ai avancé dans la nuit. Mon estomac s'est contracté et j'ai vomi un mélange de bile et d'alcool dans le caniveau, pliée en deux entre les voitures, secouée de hoquets. Ça faisait super mal. Un couple passait par là. L'homme a lancé une phrase avec le mot dégueulasse, dedans. C'était rien à côté de ce que je ressentais pour moi-même.

« J'ai marché et marché encore, sans but. En grelottant. J'avais laissé mes affaires chez Clara. Ma jupe était trop courte. Je serrais ma veste pour conserver un peu de chaleur… Un bar baissait son rideau de fer. Les derniers clients poursuivaient la discussion sous un lampadaire, fumaient des cigarettes. L'un d'eux a sifflé en me voyant et les autres ont commenté. J'ai changé de trottoir… Impossible de rentrer chez moi, d'expliquer. Mais nulle part où aller. J'ai continué en direction de la rivière, long-temps, jusqu'à ce que la fatigue m'oblige à m'arrêter dans un parc désert. Juste à côté du lycée… Ma tête était une vraie ruche. Tour à tour vide ou trop pleine… Un groupe est arrivé en beuglant un truc de supporters. J'ai été prise d'une peur panique. Je me suis réfugiée dans les buissons, en rampant, m'écorchant les genoux et les coudes au passage. C'était affreux. J'avais l'impression d'être une proie… Quand ils sont arrivés à ma hauteur, l'un d'eux a déclaré qu'il avait trop envie de pisser et ils s'y sont tous mis, en rang d'oignons, à quelques mètres de l'endroit où je me tenais, recroquevillée. Ça puait. Ils plaisantaient sur la taille de leurs sexes. J'étais terrorisée à l'idée qu'ils me voient. J'étais seule… »

Clément

Je n'arrive pas à croire que j'ai dit oui à ce truc, là, de batelier. Je n'arrive pas à croire que j'ai enclenché quelque chose qui va peut-être changer ma vie.

Ou ne rien changer du tout.

Si ça se trouve je n'aimerai pas ça, les péniches, ou j'aurai le mal de mer comme cette fois en Angleterre, avec le collège. Ou bien je trouverai juste ça nul et ce sera pareil qu'ici.

On verra. Ça vaut la peine d'essayer.

Et puis je vais partir.

C'est ça l'important. Non pas fuir, mais s'éloigner. Parce que je vais crever, ici, pourrir sur place si je ne fais rien. Je dois m'en aller tant qu'il me reste un bout de rêve auquel m'accrocher…

J'arrive au fond du couloir. Le prof d'arts appliqués, M. Laurent, est en train de fermer sa salle. Il s'énerve après le barillet, qui finit par tourner. La serrure émet un bip d'approbation. Il me voit.

– Ça va Clément ? demande-t-il.

– Ça va m'sieur, merci.

Celui-là je vais le regretter, c'est sûr. Sympa, drôle et passionné. Avec cette façon bien à lui de nous embarquer dans des projets dingues dont aucun d'entre nous ne se serait cru capable.

Et l'accent du Sud, en prime.

Je descends les marches une à une. Je suis perdu dans mes pensées et je ne remarque pas immédiatement ces deux filles enlacées dans le coin le plus sombre de l'escalier. J'ai un mouvement de surprise et je manque de m'étaler. Ma main gauche agrippe la rampe. C'était moins une.

Elles tournent leurs visages vers moi, dans un même geste, leurs deux corps immobiles, l'un contre l'autre.

– Oh pardon.

Ce sont les premiers et les seuls mots qui me viennent. C'est idiot. Je n'ai pas à m'excuser.

Je n'ai rien fait de mal et j'ai autant qu'elles le droit de me trouver là, non ?

Elles me sourient, sans une parole, et je peine à leur renvoyer autre chose qu'une moue embarrassée. Je me sens de trop, gênant, presque voyeur. Alors je me dépêche de sortir dans le hall.

Le long de la baie vitrée, une dame avance au pas derrière une grosse machine, toute en rondeurs, qui vibre et laisse des traces humides au sol – et dans l'air une odeur désagréable de détergent.

La cour est presque déserte.

11 h 59

Léa

– Madame, il n'y avait personne à l'infir-merie... on a attendu pour rien.

– Ah oui ? Et il vous a fallu une demi-heure pour vous décider à revenir ici ? On peut savoir ce que vous avez fait pendant qu'on travaillait ? Ah mais j'oubliais, Julie était à l'article de la mort. Elle la scrute, puis lance : Tu as l'air d'aller nettement mieux, dis-moi. Et à quoi doit-on ce petit miracle de la médecine ? Un massage cardiaque ? Du bouche-à-bouche ?

Quelques ricanements s'élèvent. Un com-mentaire en partie inaudible siffle à nos oreilles. Ce n'est pas surprenant. Je ne me suis pas montrée trop discrète, ces dernières semaines. Je ne serais pas surprise que mon attirance pour Julie provoque son lot de sarcasmes.

Mais je m'en fous.

Pit-Bull nous expédie à nos places avec un claquement des mâchoires et je réprime un sourire. J'ignore si c'était délibéré, mais elle est tombée juste. Elle a même carrément bien résumé la situation. On a mis nos cœurs à nu, un peu nos corps, aussi, pas suffisamment à mon goût. Quant à nos lèvres, elles ont fait connaissance mais sont loin d'être rassasiées – et j'espère qu'elles ne le seront jamais.

J'ai envie de lui dire ces choses, à la prof. Parce qu'elle me fait presque pitié. On a l'impression qu'elle n'a jamais été jeune, insouciante, légère. Amoureuse, même. On a l'impression qu'elle n'est plus qu'un corps sec, sans rien qui palpite dedans.

Et c'est triste.

Je voudrais lui expliquer à quel point ils ont été intenses, ces moments passés loin de son cours, loin de ce fameux programme « qu'à ce rythme on n'arrivera jamais à boucler ».

Loin de l'ennui et du fracas du monde.

J'aimerais lui décrire ces minutes hors du temps… mais j'ai peur qu'elle ne puisse pas comprendre.

Ou alors je me trompe. Peut-être est-elle simplement prisonnière de son rôle d'enseignante qui met un point d'honneur à ne pas se laisser « bouffer » par ses élèves ?

Comment être sûre ?

On ne se connaît pas, on ne se connaîtra jamais.

– Nous étions au foyer, fait Julie, sans se démonter, je me suis allongée un moment dans un des fauteuils.

— Cela semble t'avoir fait le plus grand bien, dis donc, tu resplendis… Et moi j'ai le sentiment désagréable que l'on se moque de moi. Mais je trouverai bien le moyen de mettre les choses au clair.

— M'dame, demande Justin, on peut sortir un peu en avance s'il vous plaît ? À cause de la queue à la cantine. On n'a même pas une heure pour déjeuner, c'est insuffisant…

Sous sa tignasse noire et bouclée, son visage aux traits fins exprime le plus grand désarroi. On sent que le sujet lui tient à cœur.

— Je la fais moi aussi, la queue, répond la prof rudement. Et je reprends à 13 heures.

— Ben justement, ajoute le garçon d'un ton buté, vous savez comme c'est court, alors… et puis manger, à nos âges, c'est important.

— Étudier aussi, c'est important, ainsi que ne pas parler pour ne rien dire. Conclusion : inutile d'insister, on sort à la sonnerie… et après la sonnerie si je suis encore interrompue.

Le silence retombe, lourd. Un néon grésille au plafond avec un bruit d'insecte. Une injure fuse en direction du tableau. Pit-Bull ne l'entend pas – ou fait mine de ne pas l'entendre.

Ilyes

La documentaliste tambourine à la porte de la salle restée entrouverte.

– Désolée de vous interrompre avec des choses bassement matérielles, les artistes, mais il faut que j'aille manger, c'est impératif…

– Aucun souci je prends le relais, fait Nadine. C'était bien, les garçons, joli travail…

Maxime hausse les épaules, visiblement peu convaincu. Il ramasse son sac – on le croirait lesté de parpaings – puis va d'un pas traînant du côté des revues, les épaules affaissées.

Il a l'air d'un vaincu.

– Ne le laissez pas seul, glisse Nadine à mi-voix, je ne l'ai jamais vu dans un état pareil… il m'inquiète.

Je propose que l'on aille manger un sand-wich quelque part, en attendant la reprise des cours. Je l'énonce avec un enthousiasme forcé. Qui sonne faux. Je joue très mal la comédie, pour le coup. C'est décidément moins facile quand le rôle n'est pas écrit noir sur blanc.

Yohan approuve, Maxime grommelle quelque chose puis nous suit, machina-lement…

C'est étrange tout de même.

On fait du théâtre ensemble depuis près de deux ans et je ne parviens toujours pas à me sentir totalement à l'aise, avec eux. J'ai beau ne pas être très doué pour alimenter la conversation, cela n'explique pas tout. Le fond du problème, c'est le décalage entre nous.

On n'est pas du même monde.

Je me souviens par exemple de cette fois où ils se sont mis à parler de leurs vacances.

Maxime à l'étranger avec ses parents. Yohan au ski, dans le chalet de son oncle.

Ils ne cherchaient ni à m'épater ni à m'en mettre plein la vue, mais qu'est-ce que j'aurais bien pu raconter, moi ? La ZUP au mois d'août ? Le bled tous les trois ans, dans la famille ? Et une fois là-bas, coincés au village parce qu'on n'a pas les moyens de jouer aux touristes.

Yohan, c'est un comble, connaît mieux que moi mon pays d'origine. Il l'a sillonné de fond en comble.

Ma vie me semble toujours tellement étriquée, comparée à la leur.

Et c'est pareil à la maison. Chez moi pas d'instruments de musique. Pas de murs couverts de livres. Sans parler d'une piscine – ou alors faudrait la construire sur le toit !

Nous, on s'entasse au sixième étage d'une tour. On est constamment les uns sur les autres, on manque d'espace, d'intimité.

Le théâtre c'est ma liberté, ma ligne d'horizon, mon infini.

Jaloux ? Non, je ne crois pas. Mes parents font de leur mieux. Et puis quand on voit

Maxime et sa tête de chien battu, on a surtout
envie de le plaindre…

Océane

– J'ai fini par m'endormir… Quand je me
suis réveillée, j'étais gelée. Tout engourdie.
Avec un affreux mal de tête. Le jour se levait.
Je claquais des dents… J'ai mis du temps avant
de comprendre où j'étais. Et puis ça m'est
revenu. Comme un coup de poing. C'était pas
un sale cauchemar, c'était ma putain de réalité…
Les oiseaux se sont mis à faire du raffut dans
les arbres. J'aurais voulu rester là, à attendre que
la terre m'engloutisse… Mais c'était absurde.
On finirait par me découvrir… Je sais pas
où j'ai trouvé la force de me traîner jusqu'au
lycée, jusqu'à vous. J'ai passé une heure aux
toilettes, à me rendre à peu près présentable.
J'ai honte de moi, vous pouvez pas imaginer à
quel point…

Clément

Je m'assois sur le dossier d'un banc posé
près des platanes. Le vent fait dans les feuilles
un bruit très doux. Les tables de ping-pong en
béton sont couvertes de mousse et s'effritent.

Un garçon passe, téléphone à l'oreille. Je le connais de vue. Il est interne et joue au rugby dans l'équipe du lycée. Son jean taille basse s'arrête en dessous des fesses. C'est un miracle qu'il ne tombe pas.

L'image de ces deux filles me poursuit. Je les envie. Cette intensité, entre elles, cette façon de se dévorer des yeux, ce truc tellement fort et unique.

Elles s'aiment, quoi. C'est à la fois banal et parfaitement extraordinaire. Elles s'aiment. Et j'espère bien qu'un jour quelqu'un me regardera, moi aussi, avec ce désir, cette gourmandise.

Un avion en papier jaillit d'une fenêtre du deuxième étage, pareil à un SOS. Il entame un virage élégant avant de piquer du nez et de se crasher sur le bitume.

Je vais bientôt quitter cet endroit. Sans doute pour toujours. Qu'est-ce qu'il m'en restera ? Qu'est-ce que je vais en garder ? Est-ce qu'on fait autre chose, toute sa vie, que juste frôler les lieux et les gens – sans qu'il n'en reste rien ?

Il est 12 h 05, la sonnerie retentit d'un bout à l'autre du lycée.

Quelques secondes
de plus…

Océane

La CPE est livide mais sa voix reste ferme, assurée. Elle n'est pas du genre à laisser ses émotions la submerger. Elle prend les choses en main et prononce les paroles dont j'ai besoin, à ce moment précis, pour tenir debout.

– On va s'occuper de toi, Océane, ne t'inquiète pas. On va aller voir Carole, l'infirmière, et lui expliquer. Le médecin scolaire si nécessaire. Il y a des solutions. Mais d'abord, je dois passer à la cantine. Deux, trois petites choses à régler avec les surveillants. Ça prendra une minute.

On se lève. Nous n'avons ni l'une ni l'autre touché à notre tasse de thé. Il doit être froid, à présent.

On sort du bureau et là, on tombe nez à nez avec Pit-Bull, encore essoufflée par sa course le long des couloirs depuis sa salle. Bille en tête, elle se lance dans un monologue rageur :

– Bonjour – est-ce qu'on s'est vues ce matin ?

Je sais plus – bref, faut que je te parle, c'est urgent, j'ai collé un garçon, il m'agace, j'ai bien envie de convoquer ses parents, cette classe m'insupporte au possible, je ne peux plus les voir en peinture et puis il y a aussi ces deux filles qui se sont bien payé ma tête… Elle me découvre soudain et s'exclame : Océane, ici ? Décidément, je vais finir par croire que mon cours est un moulin…

– Je me permets de t'interrompre, Marielle, réplique la CPE, très sèche, car tu ne sembles pas remarquer que je suis occupée… Repasse dans l'après-midi si nécessaire, on en discutera. Pour l'heure, j'ai à faire.

Marielle Pit-Bull, ça l'estomaque.

– Eh bien, si tu le prends sur ce ton…

– Je le prends sur le ton qui me semble approprié à la situation.

L'autre pince les lèvres.

– Dans ce cas j… j'irai chercher du soutien ailleurs.

– Excellente idée.

Elle se tourne vers moi et m'adresse un clin d'œil malicieux.

– On y va ?

À cet instant, je la suivrais au bout du monde.

Ilyes

Un paquet de chips vide, rouge et doré, tourbillonne dans le vent. Les escaliers déversent un flot continu d'élèves. C'est comme une hémorragie à heure fixe. Plus rien d'immobile dans la cour sauf ce garçon, étrangement seul sur son banc.

On se tient debout près d'un pilier. Maxime s'est refermé sur lui-même, il ne décroche plus un mot. Ses doigts, nerveux, triturent son portable. J'essaie de deviner sur son visage le cheminement de ses pensées. En vain.

– Franchement t'es trop fort, me dit Yohan, sans déconner t'es bluffant quand tu joues, ça te transforme complètement, tu irradies… Le charisme, on appelle ça, et c'est pas donné à tout le monde.

– Arrête. Te fous pas de moi.

– Je suis sérieux, mec. T'as un talent… Waouh ! Hein, qu'est-ce t'en dis Max ?

– Quoi ? Ouais ouais, c'est vrai.

– Eh, cache ta joie !

– Me fais pas chier, c'est pas le moment…

Je tempère :

– T'as pas besoin d'être sur la défensive, tu sais. T'as pas besoin non plus d'être agressif.

Il fixe un point par-dessus mon épaule, loin.

– Désolé… Je suis imbuvable, je sais, mais j'y peux rien. C'est plus fort que moi.

Le visage de Yohan s'assombrit. La voix de Maxime charrie des tonnes de trucs douloureux. Ma gorge se serre.

– C'est grave ?

– Ouais, je crois… J'en suis sûr, même.

– Merde.

– Ouais comme tu dis : merde.

Son menton tremble. Il tombe le masque. Plus la force de lutter, de faire semblant. Il a l'air d'un gosse, tout à coup, celui auquel il devait ressembler à cinq ans, avec sa mèche blonde sur le front et ses yeux gris-vert.

– C'est… c'est…

Sa bouche remue, mais le reste de sa phrase est inaudible. Il donne le sentiment de se tenir en équilibre au bord d'un précipice. Un souffle et il pourrait tomber.

Sans y penser, je pose ma main sur son épaule. Je ne me serais jamais imaginé faire une chose pareille. Cet élan imprévisible. Je me rends compte que je les aime bien, Yohan et lui, au fond, malgré nos différences. Peut-être même à cause d'elles. Sûr que la vie, c'est moins compliqué quand on met les gens à distance, dans des boîtes avec des étiquettes dessus.

Mes doigts font pression sur sa clavicule, puis se retirent.

– Tu veux qu'on en parle ? Tu crois que ça te ferait du bien ?

Il hésite, les pupilles embuées. Fait oui de la tête.

– Mais pas ici, précise-t-il.

Sans se concerter, on se dirige vers le hall d'entrée.

C'est étrange, ça ne repose sur rien de concret, mais je sens que cet instant est le début de quelque chose, entre nous, même si je serais bien infoutu de dire quoi.

Léa

Les élèves s'agglutinent dans la queue du self. On s'amasse devant le tourniquet, plus serrés que des sardines en boîtes. Une dame de service vérifie que l'on badge et contrôle le mouvement. Entre un sourire et deux bonjours, elle laisse entrer les élèves par vagues successives.

Ça proteste. Ça râle. Ça se bouscule sans ménagement et c'est très vite le bazar.

L'air sent la friture et les ventres s'impatientent.

Julie est à mes côtés. Je sens sa douce chaleur à travers nos vêtements. Ses doigts cherchent les miens. Les trouvent. Les effleurent.

– Pardon… Excusez-nous on doit passer, c'est urgent. Pardon.

– M'dame vous abusez, proteste Baptiste en se collant exagérément au mur.

– C'est vrai… et tu sais quoi ? J'adore ça !

Elle éclate de ce rire magnifique, reconnaissable entre mille. C'est la CPE. Avec Océane. Elles passent sans nous voir. Il a dû arriver quelque chose de sérieux. Océane est très pâle, presque diaphane, avec des cernes noirs sous les yeux. Elle a l'air épuisée.

Et puis elle est drôlement habillée. On dirait qu'elle débarque d'une soirée et qu'un camion lui a roulé dessus.

J'ai essayé une ou deux fois d'échanger avec elle. De sympathiser, comme on dit. Je l'ai trouvée difficile d'accès, fuyante. Sous le vernis, les apparences, j'ai senti une barrière. Je n'ai pas insisté.

La dame du tourniquet détache la grosse corde qui autorise le passage sans badger et elles se dirigent vers la pile de plateaux et les grands bacs de crudités.

– J'ai tellement faim que je vais m'évanouir, annonce Justin.

Julie serre mes doigts entre les siens et je me fiche qu'on puisse nous voir.

J'ose enfin suivre ce chemin qui m'effraie mais que tout réclame en moi, depuis des années. Je suis attirée par les filles. Oui. J'en aime une à la folie. Et alors ? C'est si rare et tellement précieux. Jamais je ne laisserai personne dicter ma conduite.

Julie me sourit. Elle est belle à en mourir. J'ai le cœur et le corps plus légers que des bulles de savon.

Clément

La cour se remplit d'élèves, seuls, en groupes, qui avancent vers la sortie ou se hâtent en direction de la cantine. Sacs barbouillés de graffitis à l'épaule.

Ils se croisent, s'interpellent, chahutent. Ou s'ignorent, casques sur les oreilles, dans un cocon de musique.

– On fait un foot? propose quelqu'un.

– T'aurais pas cinq euros à me prêter pour un kebab? demande un autre.

Des centaines de doigts tapotent le clavier de portables. Des milliers de SMS s'envolent vers leurs destinataires. Je reconnais parmi la foule les trois garçons qui répétaient la pièce de théâtre bizarre, au CDI.

Le sol est mouillé, luisant, d'un beau gris sombre. Il a plu ce matin. Les nuages s'effilochent sur un fond bleu marine. On dirait du coton.

Je ferme les yeux puis je respire à fond. Il y a le rythme du monde, partout autour de moi, et une lumière orangée qui tapisse l'intérieur de mes paupières. Et je sais déjà que dans dix, vingt, trente ans, je me souviendrai parfaitement de ce moment-là.

Dans ma tête je m'adresse à toi, Laurie, seulement à toi, et je continuerai à le faire jusqu'à mon dernier souffle. Parce que j'ai, dans la gorge, les milliers de mots que je n'ai pas eu le temps de te dire. Parce que, surtout, je veux être bien certain de ne jamais te perdre.

Je vais vivre, je te le promets.

Pour moi d'abord, parce que c'est déjà très difficile, tu sais, puis pour nous deux dès que je me sentirai assez fort.

J'attends ce jour, Laurie, je ne renoncerai pas.

Table des matières

CET OUVRAGE A ÉTÉ ACHEVÉ D'IMPRIMER
À LA CROISÉE DES CHEMINS POUR LE COMPTE
DES ÉDITIONS THIERRY MAGNIER
PAR L'IMPRIMERIE FLOCH À MAYENNE
EN DÉCEMBRE 2012
DÉPÔT LÉGAL : JANVIER 2013
N° D'IMPRESSION : 83808

Imprimé en France